LÉONCE DE LARMANDIE

LES EPAVES

Première série.

PARIS

PAUL OLLENDORFF, ÉDITEUR

28 *bis*, RUE DE RICHELIEU

1878

Tous droits réservés.

LES ÉPAVES

I

LÉONCE DE LARMANDIE

LES EPAVES

Première série.

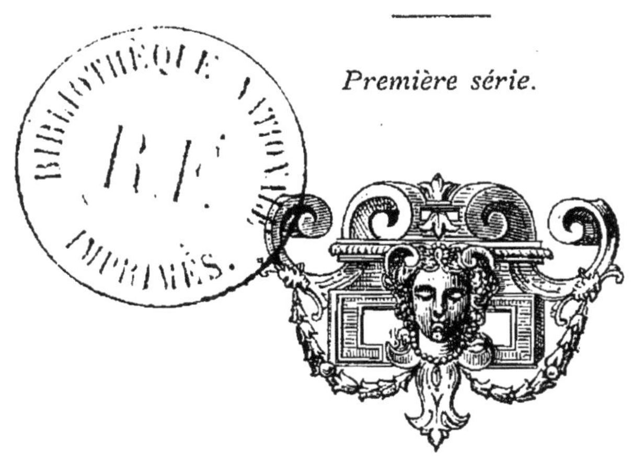

PARIS

PAUL OLLENDORFF, ÉDITEUR

28 *bis*, RUE DE RICHELIEU

1878

Tous droits réservés.

A M. ET Mme MAURICE DE FOS

Souvenir d'affection et d'adieu.

L. L.

ÉPAVES HUMAINES

I.

L'ÉPAVE HUMAINE

LE navire a sombré par une mer tranquille,
Pas un vent ne troublait l'atmosphère immobile,
Aucun nuage, aucun atome de brouillard
N'obscurcissait l'azur de son voile fuyard.
L'orbe resplendissant d'un soleil de tropiques
Projetant des rayons aigus comme des piques
Et reliés ensemble en mille ardents réseaux,
Illuminait au loin la surface des eaux.
Cependant, le vaisseau qui glissait sur les ondes
S'est englouti soudain en très-peu de secondes,
Et de tout l'équipage il ne demeure plus
Qu'un homme, le cœur, l'âme et les membres perclus,
Dérivant çà et là, sans espoir ni courage,
Dans un canot sauvé par hasard du naufrage.

Il n'a point à lutter, et le temps est si beau
Qu'il lui masque le spectre horrible du tombeau.
Les vagues moutonnant sur la vaste étendue
Où la chétive barque est jetée et perdue,
La bercent mollement avec plus de douceur
Qu'un enfant assoupi n'est bercé par sa sœur.
Les clartés de l'éther plein de joie infinie
Retombent sur le gouffre enivré d'harmonie,
Et la plaine mouvante où se peint le ciel bleu
Semble un miroir géant qui refléterait Dieu.
Les étranges parfums des herbes sous-marines
Viennent languissamment caresser les narines
Du condamné, qui voit les sinuosités
Des varechs ondoyants remplis de cavités,
Se plonger tour à tour et monter à la cime
Pour lui cacher les trous effrayants de l'abîme.
Et les monstres nageant au fond des limons verts,
A demi submergés sous leurs plis entr'ouverts,
Tendent leurs larges cous pour admirer cet homme
Pâle, muet et seul, et qu'ils croient être en somme

Un dieu supérieur dont la majesté luit
Sur le royaume immense et morne de leur nuit.

Lui, cherche à déchiffrer, pauvre Eole risible,
Sur un papier humide une lettre illisible :

« Cher père, j'ai sept ans et ne te connais pas ;
« Mais maman, l'autre jour, m'a raconté tout bas
« Que quatre mois avant ma naissance, un navire
« De trois cents pieds de long, qui jamais ne chavire,
« T'avait pour bien longtemps emmené loin de nous.
« Tous les matins, je fais ma prière à genoux,
« Pour que Jésus t'envoie une belle journée,
« Et le soir je m'endors près de la cheminée
« En lui disant bien fort : Mon cher petit bon Dieu,
« Protégez mon papa qui sommeille au milieu
« De l'Océan profond et terrible, sans mère...
« Je suis bien sage, hier à l'école primaire
« On m'a marqué pour mes leçons dix-huit bons points.
« Je suis très-brave, et j'ai donné deux coups de poings

« A Pierre qui voulait me voler mes tartines.

« Adieu, je vais chercher un bouquet d'églantines,

« Pour mettre à ma chapelle, et quand tu reviendras,

« Je couperai muguets, roses et daturas,

« Violettes, jasmins, boutons d'or, marjolaines,

« Et courrai t'embrasser les deux mains toutes pleines ! »

Sur le rivage, l'air heureux et triomphant,

Marche une jeune femme avec son jeune enfant.

Son regard respirant la placide espérance,

Et d'un cristal limpide ayant la transparence,

Erre sur l'horizon paisible de la mer.

Son esprit a chassé tout souvenir amer,

Et ne songe, à l'aspect des lames azurées,

Qui battent doucement les falaises dorées

Et dispersent leur blanche écume tout autour,

Qu'à l'absent, dont enfin s'annonce le retour :

« Comme il doit naviguer avec bonheur ! son âme

« Ne songe qu'au pays, à son fils, à sa femme,

« Qu'en l'ardeur frémissante et tendre de ses vœux

« Il croit déjà serrer entre ses bras nerveux !

« Que le firmament bleu nous fait un doux visage !

« C'est pour nous apporter, sans doute, le présage

« De l'époux enrichi, superbe, glorieux,

« Vainqueur du sort et des aquilons furieux,

« Et venant, plein de joie et de fierté suprême,

« Recommencer à vivre auprès de ceux qu'il aime !

« Ah ! comme en un instant s'envolent les ennuis

« De mes jours ténébreux et de mes froides nuits !

« Mon enfant bien-aimé, joins tes mains innocentes,

« Lève vers ce beau ciel tes lèvres caressantes,

« Et dis : Merci, mon Dieu ! qui calmez l'Océan

« Pour réunir plutôt petit père et maman ! »

Au sein de leur dolente et rêveuse inertie,

Les femmes ont parfois le don de prophétie,

Et leur esprit subtil pénètre fort souvent

Les espaces remplis de vague décevant.

Pauvre épouse ! tu sais deviner les auspices

Radieux, que t'envoient les immortels propices !
Car en ce moment même, à cent milles du port,
L'objet de tes désirs pensant à toi, s'endort
Dans son léger esquif que la mer favorise ;
L'azur est toujours clair, l'eau riante, et la brise,
Douce compagne chère aux tristes matelots,
Sans secousse et sans bruit l'entraîne sur les flots !

Mars 1877.

QUALIS ARTIFEX

I

La danse des Sirènes.

Par ordre de Néron, César chanteur et dieu,
  Trois cents captives sont conduites au milieu
Du cirque, les cheveux pendants et toutes nues.
Il faut des visions étranges, inconnues,
Pour calmer aujourd'hui la sinistre fureur
De l'artiste sacré, du sublime empereur.
Au signal que fera le souverain du monde,
Des aspics, arrivés d'Afrique en troupe immonde,
Aux bravos des Romains seront précipités
Sur cette légion superbe de beautés,

Et pour que rien ne manque à cette illustre fête,

Et que la passion du maître, satisfaite

Plus savamment qu'en des fleuves de sang vermeil,

Lui prépare un tranquille et magique sommeil,

Les belluaires ont assemblé dans l'arène

Tout ce que l'univers, de Sagonte à Cyrène,

Des Alpes à l'Atlas, et du Nil au Cydnus,

A de plus magnifique en enfants de Vénus.

On y voit, attendant le supplice farouche

Avec un rire vague expirant sur la bouche,

Et songeant tristement en face du trépas

Aux charmes impuissants et vains de leurs appâts,

Les filles de l'Egypte aux prunelles lascives,

Les guerrières de Thrace, et les ardentes Juives,

Les Bretonnes à l'air impassible et serein,

Les blondes aux yeux bleus du Danube et du Rhin;

Les vierges de Lesbos en de lubriques poses,

Tenant leur sein marbré du bout de leurs doigts roses,

Et puisant longuement de suprêmes douceurs

Dans les regards profonds et ternes de leurs sœurs.

Elles sont là, debout, muettes, immobiles,
Provoquantes, ainsi que de jeunes Sibylles,
Et, devant cet amas de torses et de flancs,
D'épaules aux contours fins arrondis et blancs,
Mi-voilés par l'ébène ou l'or des chevelures,
Devant ces hauts maintiens et ces fières allures,
On se croirait, par un prodige, transporté,
Dans l'antre aérien bâti tout en clarté,
Où l'immortel voleur armé du caducée
Pour les nuits de l'Olympe a fait un gynécée !

Tout à coup, des clameurs de détresse, sortant
Des poitrines en feu que l'âpre angoisse tend,
Cris aigus que l'écho des souterrains répète,
Au despote accroupi font relever la tête.
Les reptiles hideux, jaunes, rouges et verts,
Vomis subitement hors des sacs entr'ouverts,
La langue vibrant, comme un éclair qui foudroie,
Se sont jetés ensemble en sifflant sur leur proie,

Et les victimes dont les jarrets assouplis
Et fébriles sont prêts à prendre tous les plis,
Pour échapper aux coups de leurs dents acérées,
Rivalisent, avec les vipères moirées,
De ruse, de vitesse et d'élasticité ;
Jamais, dans les frissons de l'impudicité,
Ces fuyantes Circés, robustes et fragiles,
N'ont tant exécuté de mouvements agiles,
Et, tressaillant d'ivresse ou d'amour énervant,
N'ont secoué si fort leurs crinières au vent.
Elles baissent tantôt leurs genoux jusqu'à terre
Pour faire en reculant des écarts de panthère,
Et dérobent tantôt leurs membres, caressés
Par le frétillement des nœuds entrelacés ;
Et, contemplant d'en haut la lugubre mêlée
De cette foule sombre, ondoyante, affolée,
On peut se demander qui se vautre le mieux,
Qui rampe avec le plus de circuits odieux,
Qui déroule le plus de glissements infâmes,
Des anneaux ou des reins, des serpents ou des femmes !

La souffrance bientôt remplace la terreur,

Les chairs tendres s'en vont en lambeaux pleins d'horreur,

Dégouttantes de sang, noires et violettes,

Et comme les taureaux couverts de bandelettes

Assommés à l'autel poussent des beuglements,

La cohorte martyre éclate par moments,

Effrayant les gradins qu'un flot de peuple bonde,

En une plainte sourde immense et moribonde.

Un long frémissement fait exulter debout

Les spectateurs d'un bout du cirque à l'autre bout.

Alors Néron, longtemps silencieux et morne,

Touche son front rêveur qu'un lourd diadème orne,

Et frappant le balustre en marbre de sa main,

Rugit, l'esprit hanté d'un désir surhumain :

« Caius Caligula ! quels raffinés nous sommes !

« Tu voulais une tête unique à tous les hommes ;

« Moi je souhaiterais en ce jour trois cents corps,

« Pour pouvoir, aux éclats d'impétueux accords,

2.

« Rassasier ici mes voluptés divines

« Sur ces trois cents Hébés qui tombent en ruines,

« Et les étreindre ensemble en mes bras réunis

« Dans des spasmes géants, monstrueux, infinis ! »

II

Les lustres.

Pour éclairer le chœur qui hurle et se démène,

Chaque poteau de fer porte une torche humaine ;

Mille chrétiens enduits de résine et de poix,

Flambent sous l'œil ardent de la plèbe aux abois,

Et, vibrant au-dessus du spectacle farouche,

On entend ce murmure échapper à leur bouche,

Et se mêler aux cris de transport et d'horreur :

« O Christ ! daigne sauver le peuple et l'empereur ! »

Février 1877.

ÉPAVES DU COEUR

LA PRIÈRE CHEZ NOUS

Je me rappelle encor le temps plein de lumière
Où mon grand-père, alors que sonnait la prière
Du soir, s'agenouillait, et grave, à haute voix,
Prononçait lentement son grand signe de croix.
La petite chapelle humble et silencieuse
N'avait pour l'éclairer qu'une faible veilleuse ;
Au sein de la pénombre, ainsi qu'en un brouillard,
Et baignant les cheveux du tranquille vieillard,
Semblaient se balancer de vagues auréoles ;
Les cœurs émus s'ouvraient comme des alvéoles ;
Nos pauvres serviteurs, las des travaux du jour,
Prosternés en ce tiède et paisible séjour

Où, muette, régnait la sainte Eucharistie,
Inclinaient peu à peu leur tête appesantie,
Et leurs profils confus tour à tour vacillants
Découpaient des contours sombres sur les murs blancs,
Les fleurs laissaient couler ces parfums extatiques,
Qui portent doucement l'âme aux rêves mystiques ;
La Madone, en sa niche aux reflets de vermeil,
Pâle souriait : telle en un demi-sommeil
Une mère, la nuit, vers un berceau se penche ;
L'ange du bénitier pliant son aile blanche
Se baissait comme un cygne indolent qui se taît ;
Dans un angle, un grillon invisible chantait.

Juillet 1877.

LES DEUX FLEURS

A Mlle Marie de Gardonne.

MA nièce à trente mois, chérubin diabolique,
Voulant faire un beau jour acte de royauté,
Court au fond du jardin, d'un pas précipité,
Cueillir un lis qu'on garde ainsi qu'une relique.

Elle va le saisir dans sa main despotique ;
Mais lui, plein de tristesse et de tranquillité,
Eclatant de blancheur sous un soleil d'été,
Semble demander grâce en sa langue mystique.

Le cœur de mon espiègle en est touché soudain :
Caressant la corolle avec son doigt badin,

Elle y pose trois fois une lèvre attendrie,

Et poussée un instant après au gré du vent
Vers le petit visage ébloui de Marie,
La douce fleur se penche et baise au front l'enfant.

Mars 1877.

JEAN, CURÉ EN HERBE

A Mme P. de M...

Bien terrible maman, que maman Marguerite !

— « Voyons, Jean, finissez, ce tapage m'irrite,
« Sainte Mère de Dieu ! J'en perdrai la raison !
« Dans le grenier des rats je vous mets en prison !

« Et moi qui me flattais de vous voir un jour prêtre !
« Je trouve en vérité que vous faites paraître
« Des goûts drôles, pour un porteur du crucifix !
« Vous m'arrachez du cœur un cher espoir, mon fils ! »

— « Belle maman ! c'est ma nature,
« Que veux-tu ? je préfère encor

« Le grand fouet neuf de la voiture,
« A l'ostensoir aux rayons d'or. »

— « Peut-on dire, ô Jésus, des sottises pareilles !
« Mais, malheureux, je vais t'arracher les oreilles !
« C'en est fait, mes sermons resteraient superflus !
« Allez-vous-en, monsieur, je ne vous parle plus ! »

— « Moi, je t'aime, et fais la promesse
« D'être un joli petit curé ;
« Mais je ne dirai pas la messe,
« Et ne serai pas tonsuré.
« Tant pis si monseigneur se froisse,
« Je courrai par monts et par vaux,
« Conduisant au ciel ma paroisse,
« En calèche à quatre chevaux ! »

— « Tout ce qui te plaira, charmant et vilain ange,
« Mon courroux a pour fuir une vitesse étrange,
« Et je crois bien qu'au fond, je fais ce que tu veux,

« Pour pouvoir promener ma main sur tes cheveux,
« Quand t petite tête en mes jupons s'abrite ! »

— Bien terrible maman, que maman Marguerite !

Décembre 1877.

VICTOIRE AUX PETITS

« Dieu ! quelle fille insupportable !
« Quel petit monstre hérissonné !
« Dans le salon, au lit, à table,
« C'est un vrai sabbat incarné !

« Mange-t-elle sa confiture ?
« Elle veut généreusement
« En mettre un peu sur ma figure,
« Tout au moins sur mon vêtement.

« Une autre fois, sombre épopée,
« En sautant dans le corridor,

« Mamselle brise sa poupée
« La belle, celle aux boucles d'or !

« A dîner, porté-je à ma bouche
« Le plus petit morceau de pain,
« D'un geste rapide et farouche
« Mon infante y met le grappin.

« Un lourd sommeil irrésistible
« Arrive-t-il combler mes vœux,
« Miss Mary trouve fort risible
« De me tirer par les cheveux.

« Croiriez-vous que pendant la messe,
« Avec un air très-déluré,
« Elle montre du doigt sans cesse
« Le nez de monsieur le curé.

« Mais ce qui tant me désespère,
« Ce qui me frappe de stupeur,

« C'est, qu'écoutant parler son père,
« Elle jure comme un sapeur.

« Pour supporter tous ces caprices
« Dieu n'a pas créé les parents,
« Et la première des nourrices
« Me la gardera pour vingt francs ! »

Madame, vous êtes bien vive
Et pour ma part je ne crois point
Que votre colère survive
A certain sermon en un point.

Vous parlez comme une fontaine
Coule, mais moi je vous réponds
Qu'un bien terrible Démosthène
Est là derrière vos jupons !

Un orateur qui pour estrade
Ne possède que vos genoux

Sans métaphores ni parade,
Mais plus fort cependant que nous.

Résisterez-vous à l'épreuve,
Quand, se riant de la prison,
Miss Mary vous fera la preuve
Qu'elle a toujours, partout, raison.

Lorsque, sans même une parole
Son petit regard vous dira
Aussi pénétré de son rôle,
Qu'un virtuose à l'Opéra :

— « Ingrate, rebelle, méchante !
« Ah ! tu ne veux plus me revoir !
« Eh ! n'est-ce pas moi qui t'enchante ?
« Et n'es-tu pas sous mon pouvoir ?

« Tes sacs pesants de pièces rondes,
« Tes arbres, tes maisons, tes blés

« Remplaceront-ils deux secondes
« Mes jolis cheveux envolés !

« Est-ce que, ranimant ta joie
« Ta bague verte aux reflets bleus,
« Du fond de son écrin de soie,
« Te sourira comme mes yeux ?

« Dis-moi si tes belles parures,
« Tes mantelets à capuchons,
« Tes cachemires, tes fourrures,
« Tes robes longues, tes manchons,

« Pourront faire oublier, une heure,
« A ton courroux si triomphant
« Le gai soleil de ta demeure,
« Ton Dieu, ta reine, ton enfant !

« Oh ! la grondeuse qui m'adore,
« Et se fâche trois cents fois l'an,

« Et veut me renvoyer encore,
« Oh ! maman, vilaine maman ! »

J'entends d'ici votre réponse :
Vous dédisant sans embarras,
Vous oublierez votre semonce
Et serrant Mary dans vos bras :

— « Viens, viens, dépeigne-moi, mon ange,
« Mets en morceaux tous tes joujoux ;
« Que ton petit orgueil se venge
« Sur ma dentelle et mes bijoux.

« Viens-t'en manger dans mon assiette,
« Goûte et tripote dans les plats,
« Jette du vin sur ma serviette,
« Et brise mon verre en éclats.

« A l'église même égratigne
« Les vieilles à l'air égaré ;

« Lui faisant un honneur insigne,
« Contrefais monsieur le curé. »

— Et la petite misérable
Vous prenant alors par le cou,
Près de votre oreille exorable
Soufflera d'un ton de filou :

— « Je savais bien que l'on m'adore,
« Qu'on pardonne trois cent fois l'an,
« Et qu'on veut me garder encore,
« Ah maman ! gentille maman ! »

Mars 1877.

A UN OISEAU QUI S'ENVOLE

A Mme R. de M.

Le dernier crépuscule expire au couchant rose,
  Bergeronnette, adieu ! l'eau tiède du vallon
Baise plus mollement les contours qu'elle arrose,
Et l'ombre ensevelit les bois du mamelon.

Blonde lampe des nuits rêveuses de l'automne,
  La lune au clocher brun se découvre à demi,
Pendant que l'angélus pensif et monotone
Imite les soupirs d'un vieillard endormi.

Elle a fui pour jamais ta claire matinée,
  En vain ton souvenir évoque ses appâts ;

L'humble *belle de nuit* à l'aurore est fanée,
Et le jeune soleil ne la retrouve pas.

Pauvre oiseau qui naguère encor, frêle et timide,
A peine osais livrer, hors du nid étonné,
Ta tête blanche aux doux regards de l'aube humide,
Aux frais chatouillements du zéphyr nouveau-né,

Tu t'envoles ! que Dieu te berce dans l'espace
Comme la brise au mois de mai berce les fleurs,
Et de loin tu verras, éclair qui brille et passe,
Un sourire azuré luire à travers mes pleurs.

Ainsi du vieux rameau la feuille détachée
S'en va tourbillonnant sur l'émail des prés verts ;
Ainsi l'onde jaillit de la source cachée
Pour fuir en gazouillant vers les grands lacs amers.

Mon regard te suivra dans la limpide voie
Où ton vol tracera ses méandres mouvants,

Auprès du tendre ami que la forêt t'envoie
Pour flotter avec toi sur la houle des vents.

Mais pardonne son deuil à ma lyre fidèle,
Ange tout imprégné des voluptés de Dieu ;
Elle a chanté, le jour de ton premier coup d'aile :
Laisse-la, quand tu pars, sangloter un adieu.

Et si parfois là-haut quelque vague harmonie
T'arrive, pense au bois où je m'en vais m'asseoir ;
Ma plainte en montera vers toi comme un génie
Aimant et lumineux dans les brumes du soir.

Octobre 1874.

CAPRICE ET AMOUR

JEANNE attend : le soleil fuyant de la vallée
Jette un dernier regard à sa hutte isolée
Couverte en chaume neuf et si brillant encor,
Qu'on dirait à travers les arbres un nid d'or.
Elle a couru depuis l'aurore à perdre haleine
Pour ramasser des fleurs au bois et dans la plaine.
Le thym, la renoncule avec le lis des champs,
L'odorant serpolet cueilli sur les penchants
Abruptes, l'églantine et le jaune cytise
Qu'une vague senteur marine aromatise,
La douce marguerite au diadème blanc,
Le saxifrage rose et l'œillet rutilant,
Réunis par sa main délicate et légère,
Rayonnent au sein frais d'un manteau de fougère.

A quel pêcheur, à quel Tityre fabuleux
Rêve cette fillette avec ses grands yeux bleus
Dardant sous ses cils blonds une lueur d'étoile ?
Elle n'a qu'un jupon, sa chemise de toile
Tremble confusément de frissons inconnus,
Et laisse voir ses bras et son cou demi-nus.

Le comte Gabriel a quatorze domaines
Et vingt ans. L'intendant voit toutes les semaines
Quatre-vingts paysans montés sur leurs mulets
Rendre la redevance à ses trente valets.
Pour lui dans dix hameaux l'on laboure et l'on tisse :
En retour, il leur rend haute et basse justice.

Hier ayant vu Jeanne au bord d'un puits, chantant,
Il a voulu l'aimer, par hasard, un instant.

Gabriel s'est assis près de Jeanne en silence.
Il feint une sereine et molle somnolence,
Et se plaît à pencher son beau front triomphant

Vers la face troublée et pâle de l'enfant.
Ouvrant superbement sa main blanche et robuste,
Il lui prend tour à tour les cheveux et le buste,
Puis domine ses mille élans impétueux
Pour la couver d'un long regard voluptueux ;
La pauvrette, bientôt vaincue et terrassée,
La volonté sans force et l'esprit sans pensée,
En un irrésistible et faible mouvement,
S'approche du dompteur calme, insensiblement,
Et tendre, avec langueur, passe ses bras de marbre
Autour de Gabriel, comme aux branches d'un arbre,
Fier et jeune seigneur des pins ou des ormeaux,
La douce vigne vierge enroule ses rameaux.

Tout à coup, comme au vent de l'orage brisée
La fleur laisse tomber à terre sa rosée,
Les paupières en feu de Jeanne se fermant
Pressent et font jaillir deux larmes brusquement :
« Eh ! pourquoi pleures-tu, Jeannette, dit le comte,
« Est-ce le souvenir de quelque horrible conte

« D'un vieux curé jaloux? Bah! bah! nous nous aimons,
« On peut avec cela se moquer des démons ! »

Elle leva la tête, un rayon de la lune
Traversant les vapeurs du ciel l'une après l'une,
Versait en ce moment au paisible séjour
L'amoureuse clarté d'un vague demi-jour.
Et l'œil de Jeanne, ainsi qu'une agathe polie,
Réfléchissait ces brins de lumière affaiblie,
Et faisait naître, comme un astre errant qui fuit,
Un fantôme d'aurore au milieu de la nuit.

Gabriel voit encore une larme qui brille
Entre les cils tremblants de la rêveuse fille.
« Mais pourquoi pleures-tu, mignonne, dis-le moi ? »
Alors d'un ton craintif et frissonnant d'émoi,
Poussant un long soupir de désespoir suprême,
Elle lui répondit : « Parce que je vous aime ! »

LA PATRIE DU SOLDAT

FRANCE ! pourquoi ton nom que mon orgueil acclame,
Sait-il illuminer et mettre en feu mon âme ?
Ce n'est point en parlant de ta fécondité,
Des charmes de ton ciel, de ta grande cité
Pleine d'or, de palais, de hourrahs et de fêtes,
D'où l'on voit l'univers, comme du haut des faîtes
Alpestres où mugit le chœur des Aquilons,
On regarde gisant à ses pieds les vallons !
— Non ! ce n'est pas cela qui fait que mon cœur t'aime
Et que j'irais demain, méprisant l'anathème
Des augures, fier, calme, exubérant de foi,
Aux bouches des canons braver la mort pour toi ;
Mais, c'est un petit coin de terre, peu fertile,
Aux peuples inconnue, à ta gloire inutile,

Où paisible s'élève, à l'ombre d'un ormeau,

Une pauvre maison dans un pauvre hameau ;

C'est un toit recouvert de tuiles délabrées

Qu'autrefois, tout enfant, je contemplais dorées

Et comme souriant à mon premier réveil,

Sous la jeune clarté des levers du soleil !

C'est un vieux clocher gris s'en allant en ruines

Aux efforts prolongés des froids et des bruines,

Mais qui se dresse encor dans le firmament noir,

Ainsi que le fantôme immortel de l'espoir,

Qui chante le matin, se plaint quand la nuit tombe,

Et sera seul un jour à pleurer sur ma tombe !

Avril 1877.

L'ANGELUS DE MIDI

A Mlle M. de L.

ANGELUS du matin, frère du gai siffleur
Des bois, cours les coteaux ainsi qu'une gazelle ;
Annonce les hiboux et l'ombre universelle,
Triste cloche du soir, lyre de la douleur.

Moi, pendant qu'un torrent lumineux de chaleur
Sur la terre et les eaux miroitantes ruisselle,
Et que le ciel criblé de rayons étincelle,
Epanoui comme une éblouissante fleur,

Je m'élance des flancs du beffroi qui s'effare,
Et je vais rebondir éclatante fanfare

A travers prés, étangs, vallons, forêts, talus :

Je chante la nature exultante et ravie,
La vigueur de la séve, aspirée à plein flux,
La gloire du soleil, l'ivresse de la vie !

LES DEUX FENÊTRES

A Mme S. de F.

Une heure du matin sonne au clocher morose :
Les ténèbres, ainsi qu'un vague et haut surplis,
Noient la grande maison aux murs ensevelis ;
Une seule chambrette a sa vitre non close.

Tu veilles, ô sylphide ! un voile blanc et rose
Cache ton cou de cygne et tes bras assouplis ;
Mais ton œil plein d'amour émerge de ses plis,
Tel qu'une fleur de nuit sous l'herbe fraîche éclose.

Tout à coup, vis-à-vis, le léger grincement
D'une fenêtre obscure ouverte lentement

Vient troubler le sommeil de l'atmosphère sombre,

Et, comme un martyr pousse un long soupir vers Dieu,
Une tremblante voix partant du sein de l'ombre,
Au vent, doux messager, souffle ce mot : Adieu.

Décembre 1877.

EVA

A une morte.

I

Ma patiente amie, ô ma chienne fidèle,
Tu m'as donc quitté pour jamais !
Tu ne reviendras pas ainsi que l'hirondelle
Qui fuit un instant nos sommets.

Toi qui fus, dès l'époque où je marchais à peine,
Me suivant partout et toujours,
Mon génie envié, ma compagne sereine,
Le porte-bonheur de mes jours !

Etais-je, tout enfant, semoncé par ma mère,
Tu semblais me donner raison,

Et nous allions tuer mon chagrin éphémère
    En nous roulant sur le gazon.

Partais-je en pension infime créature,
    Avant jour, par un ciel mauvais,
Tu galopais longtemps derrière la voiture,
    Où de loin tu m'apercevais ;

Et quand la liberté sainte m'était rendue,
    A deux cents mètres du portail
Tes aboiements chantaient à la brebis perdue
    Le doux approche du bercail.

Dès l'aube, à mon réveil, tu dressais attentive
    Ta tête contre mes pieds nus,
Pour vite satisfaire en docile captive
    Mes premiers caprices venus.

Je m'endormais souvent sous la molle caresse
    De ta langue rose-incarnat,

Témoignage dernier de rêveuse tendresse
　　Qu'un être vivant me donnat.

Si les vagues ennuis, serpents longs d'une lieue,
　　M'enserraient de leurs anneaux lourds,
Tu venais égayer en agitant ta queue
　　Mon sombre tapis de velours.

Le soleil brillait-il : pleine de joie alerte,
　　Mettant les poules en émoi,
Tu franchissais d'un bond léger la porte ouverte,
　　Criant et jappant devant moi.

M'étais-je par hasard assoupi sous la brise,
　　En été, comme un moissonneur,
Tu veillais bravement près de ma veste grise :
　　Sentinelle au poste d'honneur.

Si je frappais du bout de ma canne distraite
　　Çà et là ton poil reluisant,

Toujours habituée à la main qui maltraite
  Ainsi qu'un monstre malfaisant;

Résignée à la mort et t'en estimant digne,
  Sans même essayer de t'enfuir,
Tu tendais seulement ta patte blanche, en signe
  De prière et de repentir.

Lorsque je m'esquivais du logis à la brune,
  L'oreille et le cœur aux abois,
Volant au rendez-vous de ma grisette brune
  Cachée en l'épaisseur des bois,

Tu filais en avant; dans la bruyère sombre
  Où plongeait ton corps tout entier,
Et, tremblant aux rayons de la lune, ton ombre
  Ne quittait pas le bon sentier.

Que de fois t'ai-je vue, en des nuits d'agonie,
  Quand d'émotions j'étais las,

Troubler funèbrement ma pénible insomnie
      Par ta plainte pareille au glas !

Suivre le lendemain nos pas au cimetière,
      Et puis, opiniâtrement,
Accompagner les sons de l'hymne mortuaire
      De ton immense hurlement;

Ensuite, follement te jeter sur la tombe
      Où tu demeurais jusqu'au soir,
Et rentrer quand l'affreux crépuscule qui tombe,
      Eteignait le jour et l'espoir !

II

Je n'étais point ingrat : malgré ma gourmandise
      Sous la table, d'un air sournois,
Je te faisais passer plus d'une friandise
      Que tu prenais en tapinois.

Tu tenais nuit et jour garnison dans ma chambre,
    Ma mère avait beau se fâcher :
Il lui fallait subir, de janvier à décembre,
    Tes gambades sur son plancher !

Sur les chats, tes rivaux exécrés, ma vengeance
    S'exerça sans paix ni remords,
Et nul ne sait combien cette maudite engeance
    Sous mes coups a compté de morts.

Avec un noble orgueil encor je me rappelle
    Le jour où je sus terrasser
Ce vieux manant brutal qui de sa lourde pelle
    Avait osé te menacer.

J'eusse bravé pour toi horions et blessures,
    Et coups de griffe et coups de dent,
Et certe eusse été fier de cruelles morsures
    Sanglantes en te défendant.

A ton seul nom, mon œil qui jamais ne se mouille
     S'emplit toujours d'étranges pleurs,
Je veux ensevelir moi-même ta dépouille
     Sous une hécatombe de fleurs.

Me souciant fort peu qu'un prudhomme me raille,
     Comme un talisman familier,
Je garderai toujours, clouée à ma muraille,
     La plaquette de ton collier.

Et comme un ex-voto qu'on transmet d'âge en âge
     Jusqu'au plus lointain avenir,
Dans un angle élevé je pendrai ton image
     Au temple de mon souvenir !

Décembre 1877.

ÉPAVES DES SIÈCLES

AU PAPE

Tu n'es pas étonné, père martyr, qu'il pleuve,
Dans cette épaisse nuit qui ne veut pas finir,
Tant de coups sur ta chair : tu gardes souvenir
Qu'à la hauteur du front Dieu mesure l'épreuve.

Majestueusement tranquille, comme un fleuve,
Tu marches et ta main, bénissant l'avenir,
Se ferme seulement parfois, pour soutenir
L'immense poids du fiel dont l'archange t'abreuve.

Le soleil daigne-t-il sur son trône serein
Considérer comment un bolide sans frein
A ses pieds tourbillonne, éclate, fume et passe :

Lui qui vient tous les jours, calme et silencieux,
Réveillant le vieux monde endormi dans l'espace,
Illuminer la terre et rajeunir les cieux !

Juillet 1875.

L'OMBRE DE PHILIPPE II

Les expiations sont longues; la justice
« Qui vient à pas boiteux et traînants dans la lice,
« N'y peut désaltérer son glaive frémissant
« Qu'en l'abreuvant à flots de larmes et de sang...

« L'heure est triste et mauvaise et les vents de colère
« Exhalant sous les cieux leur voix sifflante et claire,
« L'azur voilé de pleurs semblent te dire adieu,
« Espagne abandonnée aux vengeances de Dieu !
« Qu'as-tu fait, mon pays, qu'as-tu fait de ton trône,
« Des larges diamants qui ceignaient ta couronne ;
« Des rois qui gravitaient, le cœur épouvanté,
« Autour de ta puissance et de ta majesté !

« Es-tu la nation d'honneur guerrier avide

« Qui vainquit l'Almohade après l'Almoravide,

« Qui vit ses fiers enfants couverts de gloire et d'or,

« La terre de Pélage et du Campéador !

« Que sont-ils devenus les hardis de ta race

« Qui jusqu'au bout du monde, ô Colomb, sur ta trace

« Ont traîné leurs canons et leurs vaisseaux géants

« Sur les gouffres houleux des sombres océans !

« Patrie ! elle a pâli, ta haute et noble histoire !

« Des héros soulevant la cendre et la mémoire,

« Jetant aux vains échos leurs noms victorieux,

« Ressusciteras-tu ton passé radieux ?

« Ah ! ne profane pas ces illustres décombres,

« A leur morne sommeil laisse ces grandes ombres,

« Ne les réveille pas sous leur pourpre en lambeaux,

« Car tu les entendrais pleurer dans leurs tombeaux ! »

Août 1873.

L'HOMME-DIEU

A Armand d'Artois.

QUAND le vieil univers, mille fois millenaire,
Comme un aigle repu qui regagne son aire
Fatigué de tourner en un cercle éternel,
Ralentira sa course, et qu'un bruit solennel
Annoncera qu'il va s'endormir dans le vide ;
Quand le soleil, usé comme un flambeau livide
Qui meurt en projetant ses feux décolorés,
Pâlira sous la brume épaisse par degrés ;
Lorsque le genre humain, rempli de lassitude,
Accroupi dans la lourde et pénible attitude
D'un irrémédiable et ténébreux ennui,
Fixera l'horizon, d'où l'espoir aura fui,

En suppliant tout bas le destin, qu'il apprête
Quelque sauveur nouveau, messie, ange ou prophète,
Qui vienne, par l'appât d'un nouveau paradis,
Ressusciter son âme et son corps engourdis :
Des songeurs inconnus, héritiers des vieux sages,
Ayant su déchiffrer le grand livre des âges,
Apparaîtront, et par de rapides exploits
Rangeront tout le globe étonné sous leurs lois.
Jamais sur nul autel ces despotes superbes
Ne brûleront d'encens, n'entasseront de gerbes
Ou ne sacrifieront pour apaiser les cieux ;
En haut, jamais un seul ne lèvera les yeux,
En leur solide accord sera leur confiance,
Ils ne vénéreront que l'arbre de science,
Et sur leur étendard en tous lieux exalté
On lira les deux mots : Pensée et volonté.
Lorsqu'ils auront partout fait triompher leur force,
Brisé les résistants comme une frêle écorce,
Et courbé sous leur joug d'acier tous les pays,
Ces étranges Titans, aux peuples ébahis

Et réduits pour toujours au rang de peuples liges,
Se plairont à montrer prodiges sur prodiges :
Les Teutatès, les Zeus, les Brahmas, les Vishnous,
Se précipiteront tremblants à leurs genoux;
L'énigme, aux profondeurs jusqu'alors inscrutées,
S'éclaircira devant ces heureux Prométhées
Qui s'en iront, riant d'un Olympe en lambeaux,
Parmi tous les secrets secouer des flambeaux.
Leurs patients labeurs, leurs recherches hardies,
Feront évanouir toutes les maladies,
Détruiront leur principe et leur germe empesté,
Banniront la faiblesse et la caducité;
Leur esprit aiguisé poussera la puissance
Jusqu'à deviner l'être intime en son essence,
Et jusqu'à reculer à coup sûr, pas à pas,
Presque indéfiniment les bornes du trépas.
La pauvreté sera promptement abrogée,
Et toute la richesse entre tous partagée,
Et chaque homme devra sa part d'activité
A l'immense travail de cette humanité,

Contente enfin d'avoir la République vraie ;
Et tous les fainéants, comme une vile ivraie,
Seront rejetés loin du bon grain, dans l'oubli,
Et le mot de pardon sera même aboli,
L'architecte voulant, avant qu'il ne bâtisse,
Arracher la clémence et planter la justice !

Savants à comprimer toutes rébellions,
Ils apprivoiseront les tigres, les lions
En plein air sans fers chauds, vulgaires ustensiles,
Et les feront servir comme des chiens dociles.
Vainqueurs de la nature, on les verra saisir
Et dompter la matière au gré de leur désir.
Plus d'ombre nulle part : dans les campagnes mornes
Jaillissant au sommet de gigantesques bornes
Scintilleront, la nuit, des soleils radieux
Dignes d'illuminer des cénacles de dieux ;
Les espaces perdus où tournent les planètes
Seront investigués par de vastes lunettes
Au regard si perçant qu'elles nous feront voir

En d'étranges pays des êtres se mouvoir.

Entre les continents sur les mers insondées

Se dresseront des ponts d'airain de cent coudées,

Et l'air contemplera voler d'un libre essor

Les grands vengeurs d'Icare avec des ailes d'or !

Puis aux religions des combats effroyables

Seront livrés par ces géants insatiables,

D'extirper les credos, « lèpres des temps passés » ;

Tous les temples, de fond en comble renversés,

Déploieront, ébauchant des silhouettes sombres,

Une procession funèbre de décombres !

Puis par des millions de prêtres exilés

Tous ces débris seront ensemble accumulés

Avec des monts entiers de chaux vive et de sable,

Et les Maîtres feront en signe impérissable

De leur gloire, un forum qui pourra contenir

Toutes les nations qu'on y fera venir

S'agenouiller devant le trône de la Force,

Et chaque pan de mur et de colonne torse
Sera revêtu d'or massif, et le portail
Etalera, lugubre et froid épouvantail,
En lettres de cent pieds sa devise hautaine :
« Dedié par l'Athée à la Raison humaine. »

Un jour les Principaux, tous saoulés de nectar,
Passeront entraînés sur un énorme char
Par cent chevaux, ainsi que par une rafale,
Sous le dôme éclatant de l'arche triomphale,
Et le peuple joyeux, délivré des malheurs,
Jonchera le pavé d'une averse de fleurs ;
Partant de tous les points en flottantes buées,
Les acclamations voleront aux nuées,
Et l'unanime cri de tous ces délirants
Sera : Salut ! honneur ! et gloire à nos tyrans !..
Seuls, trois vieillards perdus dans un coin de la foule
Ondoyant, bruissant en gigantesque houle,
Lèveront vers le char un regard soucieux,
Et de temps en temps même un pleur silencieux,

Comme une goutte d'eau frappant de mornes branches,
Viendra faire trembler leurs longues barbes blanches.
— Qu'ont donc ces fous ? criera quelqu'un des podestats ?
Est-il permis d'oser se plaindre en nos états ? —
Et les Mathusalems aux faces décharnées
Gémiront sous le poids de leurs neuf cents années :

« Oui ! fiers dominateurs, vous nous éblouissez
« Et chassez tous les maux, mais ce n'est point assez !
« Hélas ! qui nous rendra nos saintes cathédrales,
« Leurs frontons dentelés, leurs gradins en spirales,
« Leurs beffrois où vibrait un harmonieux bruit,
« Et leurs flèches montant sereines dans la nuit.
« Le clair-obscur teinté planant sous les nefs sombres,
« Les entrecroisements noyés de vagues ombres,
« Des grêles arcs-boutants pendus dans les hauteurs,
« Les piliers émergeant des grises profondeurs,
« Les rosaces à jour, les figures pensives
« Des vitraux bruns et bleus enguirlandés d'ogives !
« Et sous ce dais magique, un ministre divin

« Rompant le pain sacré près du mystique vin,

« Et sans cesse prêchant d'une voix douce et bonne

« La parole d'un Dieu qui console et pardonne !

« Il fut un temps dont la mémoire disparaît,

« Un âge d'or où l'on souffrait, où l'on mourait.

« Combien avons-nous vu de nos bien-aimés frères

« Paisiblement couchés sur leurs lits funéraires,

« Et gardant, au moment du formidable assaut,

« Un sourire venu des paradis d'en haut !

« Combien avons-nous vu de martyrs doux et calmes

« Contempler à travers le firmament leurs palmes

« Qui cachaient les billots et les grils à leurs yeux,

« Et projetaient en l'air des sillons radieux.

« Ils se ressouvenaient des paroles plaintives

« Que soupira Jésus au jardin des Olives,

« Du bon Maître abreuvé d'ironie et d'affront,

« Du diadème horrible enfoncé sur son front !

« Ils pensaient au bonheur que n'égale aucun autre,

« A ce magique Eden entrevu par l'Apôtre,

« Dont jamais, en ses plus extatiques moments,

« L'homme n'a pu sonder les saints ravissements !

« Et comme ils étaient fiers de fuir vers l'Empyrée,

« Laissant leurs os broyés, et leur chair lacérée

« Couverte de la robe infâme que porta

« Leur prophète, l'Agneau sanglant du Golgotha !

« O chrétiens mutilés, vous nous faites envie

« A nous, les vieux Errants condamnés à la vie,

« Forcés de cheminer sans jamais nous asseoir,

« Sans que jamais la nuit éteigne notre soir !

« Ah ! rendez-nous le Christ de nos jeunes années,

« Notre ciel écroulé, nos croyances fanées.

« Et, s'il nous est permis de choisir notre sort,

« Rendez-nous la Douleur, l'Espérance et la Mort !

« Mais non ! Vous laisserez nos corps avec nos âmes,

« Pour que nous puissions voir ce que nous adorâmes,

« Sous le bleu de l'azur impassible et serein,

« Servir de marche-pied à vos talons d'airain !

« Va donc ! monstre ! poursuis ta course suzeraine,

« Tu n'entendras bientôt que des clameurs de haine

« Et des cris de terreur dans ton palais plaintif,

« Le monde, agonisant en ses fers de captif,

« Pleurera jour et nuit jusqu'à son dernier somme,

« Homme qui t'es fait Dieu, le Dieu qui s'est fait homme. »

Décembre 1877.

TABLE DES MATIÈRES

Evreux, CH. HÉRISSEY, Imp. — 978.